POÉSIES DIVERSES.

LE POÈTE. — JE SUIS PEINTRE. — LE SOIR MERVEILLEUX, L'EXILÉ VOLONTAIRE. — LE NYMPHÉIEN A SES AMIS DU PARNASSE, OU ESPIÉGLERIE D'UN ANTI-VOLTAIRIEN, ETC., ETC., ETC.

PAR

J. BÉCHERAND,
Homme de lettres.

PRIX : 1 FRANC.

PARIS,

DIDIER, LIBRAIRE-ÉDITEUR, QUAI DES GRANDS-AUGUSTINS, 35. | Mme MAILLY, LIBRAIRE, 26, RUE DES DEUX PONTS (ILE ST-LOUIS).

ET CHEZ LES PRINCIPAUX LIBRAIRES DU PALAIS ROYAL.

1846

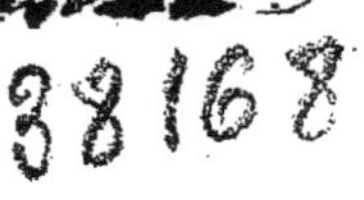

POÉSIES DIVERSES.

LE POÈTE.

Au centre de l'Ether, aliment de sa flamme,
Est le foyer de l'astre où sa chaleureuse âme
Allume son divin flambeau
Dont la vive clarté rayonne,
Autour de lui répand l'éclat du jour si beau
Qui nous charme et nous passionne.

C'est un rêve de nuit sombre et silencieux,
C'est l'hymne d'un beau jour au soleil radieux
Qui lui prodigue sa lumière ;
C'est un oiseau-mouche, un condor ;
C'est un vaste palais, une étroite chaumière,
Une humble vallée, un mont d'or.

Il a sa source au ciel, le sang qui dans sa veine
La dilate et nourrit sa poétique haleine ;
C'est d'un brûlant souffle de feu
La vapeur subtile et légère
Qui s'exhale en parfums de la bouche d'un Dieu,
En est la seule messagère.

C'est le Titan des cieux, c'est le ciel, c'est l'enfer ;
C'est l'univers entier, c'est plus, c'est Lucifer
Qui se montre armé de la foudre,
Et qui la tenant dans ses mains,
En fronçant le sourcil, de les réduire en poudre,
Semble menacer les humains.

C'est l'oiseau du soleil qui, planant sur la nue,
La contemple à ses pieds par les vents soutenue ;
C'est l'aimable chantre des bois
Qui dans son ravissant langage
A l'écho qui redit les doux sons de sa voix
Annonce la fin d'un orage.

C'est où dorment les morts le léger feu follet
Qui promène autour d'eux son lumineux reflet
Dans le funèbre champ des ombres,
Et qui du vivant effrayé
Que le hasard conduit en ces lieux noirs et sombres
A cent fois les pas dévié.

C'est l'Autan furieux qui souffle la tempête,
Et Neptune en courroux qui bravement s'apprête
A soutenir un rude assaut;
C'est l'esprit devin de Protée
Qui de voir l'avenir à raison se prévaut;
C'est Hercule étouffant Antée.

C'est l'haleine embaumée où l'âme d'un amant
Qu'en son délire épuise un feu trop consumant
Reprend ses sens et se r'attise;
C'est un subtile esprit de vin;
C'est ce qui tout féconde et qui tout fertilise,
C'est en un mot l'esprit divin.

JE SUIS PEINTRE.

Peintre je peins plus d'un tableau,
Plus d'un portrait de caractère,
Comme un Raphaël, un Boileau,
Oui je peins, je le réitère.
Je peins l'astuce au naturel,
Je peins la vérité sans feindre,
Je peindrais le diable à l'autel;
Je passe enfin ma vie à peindre.

Je peins Jupiter et Junon,
Je peins le lever de la toile,
Je peins la prude et la guenon,
La Vierge aussi je peins sans voile.

Je peins les noces de Cana,
Je peins l'orage sans le craindre,
Je peins Augustus et Cinna;
Je ne puis exister sans peindre.

Je peins le fripon et l'escroc
De son voisin vidant la poche,
Je peins des faux Dupins l'accroc
Fait au bon sens dans la basoche;
Je peins la barbe du rabin
De manière à ne pas déteindre,
Je peins le moindre carabin,
En bon peintre je sais tout peindre.

Je peins Socrate au Cératon
Cédant au charme de la danse,
Je peins son disciple Platon
De ses pas suivant la cadence.
Thésée, invincible héros,
Qui du haut rang qu'il sut atteindre
Dansa dans l'île de Délos,
D'un Dieu m'offre la danse à peindre.

Je peins les charmes de Vénus,
Des nymphes aux formes légères
Les jolis corps à demi-nus,
Et les Grâces leurs messagères.
Je peins le vieil Anacréon
Des préjuges qu'il sut enfreindre
Narguant l'empire, et d'Alcméon (1)
L'heureux fils aussi je sais peindre.

Je peins le sensible hidalgo
Et l'Andalouse qu'il y mène

(1) Clysthème, prince de Sicyone, qui avait déclaré qu'il donnerait sa fille au plus vaillant des Grecs, ayant pour cet effet donné un grand festin auquel il invita tous ceux qui pouvaient y prétendre, y donna la préférence à Mégaclès, fils d'Alémcon, sur Hypoclide, fils de Tysandre, dont la danse lui avait déplu, et lui dit : Fils de Tysandre, tu as dansé ton mariage.

Allant ensemble au fandango.
Je peins la duchesse du Maine
Sémillante aux fêtes de Sceaux,
Où n'ayant l'art de se contraindre
Sa gaîté fit pleuvoir à seaux
Les vers galants qui l'ont su peindre.

Je peins le Paradis, l'Enfer,
Près Lamartine Hugo qui trône,
Je peins la rouille sur le fer,
Et le débordement du Rhône;
Je peins de la tête au coccis
Tout fesse-mathieu sans le plaindre,
En chênes verts je peins Baucis
Et Philémon que j'aime à peindre.

Je peins l'astronomique *ergo*
De l'intempestive comète
Faisant au célèbre Arago
Perdre la boussole et la tête;
Je peins le peuple obéissant
Qui dans Paris se laisse enceindre,
Je peins le lion rugissant
Quand on l'approche pour le peindre.

Je peins tout artiste au menton
Portant une noble barbiche,
Je peins Régulus et Caton,
Sertorius avec sa biche;
S'il le fallait, au fond de l'eau
Je peindrais le feu sans l'éteindre;
Je peins le moindre vermisseau,
Le moindre ciron je sais peindre.

Je peins les ailes de pigeon
Qui d'un marquis couvrent la nuque,
Je peins d'un tour de badigeon
Toute grosse tête à perruque;
D'un dieu qui s'offre à mes pinceaux
Je passe, à tout sachant m'astreindre,

Au dernier des poétereaux,
Oreillard triste et sombre à peindre.

Je peins, hélas! et j'en gémis!
Des humains l'aveugle folie,
Qui leur fait à d'aigres salmis
D'un fiel amer mêler la lie;
Je peins le cynisme odieux,
Qui ne sait qu'en la fange épreindre
Du poison le suc vicieux
Que je rougis d'avoir à peindre.

Mais si je peins du carnaval
La meute à la verve insolente
Qui suit d'un patron sans rival
La marche grave et somnolente,
Halte-là... ! me dit le bœuf gras,
En m'invitant à me restreindre :
Le bien d'autrui tu ne prendras,
Et défense à toi de me peindre.

Or, comment peindre les écrits
De nos modernes sycophantes,
Quand en peinture ils sont proscrits
Comme offrant trop de variantes,
Peindre écrasé sous l'abdomen
D'un gros ventru fier de m'étreindre?
Force alors m'est de dire *amen*,
Et de cesser enfin de peindre.

LE SOIR MERVEILLEUX.

Le soleil était rouge à son coucher ce soir.
VICTOR HUGO.

Sur le temple doré du monarque géant
Où s'offrira sans cesse aux yeux du mécréant
Le cœur toujours vivant et palpitant de gloire
Du plus grand des héros qu'ait célébrés l'histoire,

L'astre du jour un soir dardant ses rayons d'or
S'offre à mes yeux ravis, retardant son essor ;
De son disque rougeux la lumière ondoyante
Sur l'horizon tendait sa nappe châtoyante,
Dont le réseau magique et plein d'enchantement
Recouvrait le saint lieu du Dieu du monument.
De vieux guerriers sans bras au teint jaune du bonze,
Aux deux jambes de bois, aux cœurs toujours de bronze
Au cercueil du héros étaient agenouillés
Obliquant humblement leurs vieux troncs dépouillés.
De ces preux vétérans, fidèles à sa gloire,
Que l'accent était pur et l'encens méritoire !
Aux mânes du héros leur pieux souvenir
Par un étroit lien semblait leur cœur unir.
Je vis y marier un prêtre pour s'absoudre
La vapeur de l'encens à l'odeur de la poudre,
Et sous son blanc surplis de l'astre jaunissant
Recevant le reflet son cœur s'élargissant ;
Le mien s'épanouit plein d'une sainte joie
A l'aspect de ce dôme à dos d'or où se noie
L'astre dont le reflet, comme un autre soleil,
Se dessine en dardant son globe de vermeil.
La nature en extase invitait au silence
Le passant dont le front saluait la présence
Du héros dans l'enceinte où, de drap noir tendu,
Est l'asile du Dieu sur son lit étendu.
La nuit qui par degrés succède au jour qui baisse,
Etend son voile enfin, sur l'horizon l'abaisse,
Et sa robe étoilée au lieu de son repos
Sert de drap mortuaire à l'ombre du héros.
Instant mystérieux du plus magique empire,
Où sont-ils les pinceaux, les cordes de la lyre
Capables de te peindre ? Ah ! si c'est par erreur
Qu'en ce héros d'un Dieu j'admirai la grandeur,
Qu'elle me soit sacrée, et que de ce prodige
Sans fin se répétant le merveilleux prestige,
Sans fin je m'y complaise en retraçant en moi
Ce tableau qui redit l'emblême de ma foi.

L'EXILÉ VOLONTAIRE.

A l'idée du bonheur chacun détourne les yeux des lieux où il a vécu. (SÉNANCOUR.

Peut seul vivre en paix
Du ciel sous la voûte
Qui fait dos épais,
S'arrondit, se voûte,
Et qui vers les cieux,
Élevant ses yeux,
Du sol les détourne
Sur lequel il tourne.

Bien que ne sois roi
J'ai de ma masure
Aux gens de l'octroi
Clos toute embrasure,
Et de toutes parts
Cerné de remparts,
Là je me renferme
Solide et bien ferme.

Seul de mon parti,
Loin de toute affaire,
J'ai pris le parti
D'y vivre à rien faire,
Fuyant le faux jour
Du sombre séjour
De la foule immonde
De la mappemonde.

C'est qu'en vérité
Ici-bas sur terre
La sincérité
N'est le caractère
D'un tas de vivants
Qui, par tous les vents,
Comme girouettes
Font des pirouettes.

Les petits, les grands
Font des balourdises,
Et gens de tous rangs
Sont des marchandises
Qu'on trouve à vil prix,
Sans être surpris,
Ainsi qu'à Beaucaire
A la Mecque, au Caire.

Tels sont députés,
Marquis, gens de robe,
Ou pairs réputés
Qu'à la nuit dérobe
De plus d'un haut fait
Le sournois bienfait,
Si que fait leur vie
Plus pitié qu'envie.

En vrai Lycaon,
Partout Aristarque,
Cruel Machaon
Disséquant Plutarque,
Dispute aux corbeaux
Sa chair en lambeaux
Qu'exhalant sa rage
Un Saumaise outrage.

Combien de renards
Dans leurs fausses sectes
De vrais traquenards
Tendent aux insectes,
Sous le blanc poltron
D'un courtier marron.
Que d'Eugène Sue
N'atteint la massue.

Siger a-t-il vu
L'or de votre coffre ?
Soudain, tout prévu,
La main qu'il vous offre

Vingt écus et plus
Y puise; au surplus,
Le mépris qu'emporte
Son vol, il supporte.

Et moi je vivrais
Près de ce repaire
Bourbe de marais
Qui de la vipère
Au mortel poison
Joint l'exhalaison
De son eau rongeuse,
Puante et fangeuse !

En vérité non,
Mieux j'aime en ermite
D'un vil Parthénon
Loin vivre, et n'imite
Nul être accroupi
Près du noir croupi,
Qui de notre sphère
Corrompt l'atmosphère.

Adieu donc, adieu,
Habitants des villes,
Oui, je vais, adieu,
Ames trop serviles,
Au fond des forêts
Briser vos arrêts,
Fuyant l'esclavage
D'un honteux servage.

Je pourrai du moins
A l'ombre des chênes,
Jusqu'aux cieux témoins
Du bris de mes chaînes,
Y porter à Dieu
Du pénible adieu
Fait à ma patrie
La douleur flétrie.

LE NYMPHÉIEN

A SES AMIS DU PARNASSE,

OU

ESPIÉGLERIE D'UN ANTI-VOLTAIRIEN.

Plus souple que mutin,
Et soumis au destin,
Je fais de tout butin:
A l'Hélicon Nymphée,
Disputant son trophée,
Me prend pour son Orphée.

Amis, venez loin du Permesse,
Du palais d'Apollon son roi,
Dont le pesant pouvoir vous blesse
En vous tenant toujours en lesse,
Venez, amis, oui, suivez-moi

Au promontoire de Nymphée
Où le suffrage complaisant
D'un moderne et divin Orphée
Est acquis au moindre trophée
Du plus modeste paysan;

Venez dans l'agréable empire
Où contre les progrès de l'art
Nul être envieux ne conspire,
Où chacun librement respire
Sans redouter un vain brocard.

Là de Nymphée est la falaise
Au doux, facile escarpement
Que tout poète peut à l'aise,
Ne fût-il qu'un Basile, un Blaise,
Gravir sans nul déguisement.

En désertant la vieille route,
Venez avec moi célébrer
De nos ennemis la déroute
Et la classique banqueroute
Qui les a fait dégénérer.

Que toute estime refusée
Au véritable casse-cou,
Au faux éclair de la fusée
De leur routine vieille, usée,
Donne à leur chute un dernier coup.

II.

Quels sont de Hurons pure race,
Ces redoutables bataillons
Dont le régiment dit Pancrace
Vient nous effrayer par la crasse
Et la couleur de ses haillons ?

Ce sont des Visigoths en France
Qui. sous un faux air citadin,
Sur l'autel de l'intempérance
Ont rêvé dans leur ignorance
De replacer l'affreux Odin.

O ciel ! quels aspects faméliques
Ont ces Grimauds sur leurs fumiers !
De leurs cervelles métalliques
Sans doute les timbres galliques
Des Welches en font les premiers.

Parmi ces gens à tête vide
Il n'est certes nul écrivain
Que voudrait débrouiller Ovide ;
De leurs cerveaux la pâte avide
N'est de ferment, ni de levain.

Faux capucins ou faux trapistes
Aux corps ceints d'un faux ceinturon,
Ce sont de vrais antipapistes
Faisant métier de faux copistes,
Qui déshonorent leur patron.

De nos écrits dans la balance
Voyez-vous ce franc mirmidon

Qui dans l'arène en preux s'élance,
Fier de déposer quoi ? la lance
Ou l'antenne d'un faux-bourdon ?

Dans cette atmosphère où fourmille
Cet essaim de faux parvenus,
Nul n'appartient à ta famille,
Généreuse ombre de Camille
Qui frémis de voir ces Brennus.

Apparais, qu'aussitôt défile
Devant toi de leurs escadrons
L'orgueilleuse et superbe file,
Que jusqu'au dernier bout s'effile
Le faux tissu de ces Frérons,

III.

Gens dont si triste est la revue
Sont tous êtres capricieux,
Dont la plus légère bévue
Montre qu'à leur trop courte vue
Jamais ne s'offrirent les cieux.

Pour eux muette est la nature
Et leurs cœurs froids et sans désirs,
Leur esprit grossier, sans culture,
Passent sans cesse, à l'aventure,
Des vains ennuis aux faux plaisirs.

Au gré de leur folle manie
Exerçant les plus vils métiers,
Des doux accords de l'harmonie,
Des inventions du génie
Audacieux banqueroutiers,

A l'écho des voix extatiques,
Des voix que répètent les chœurs
Des séraphins dans leurs cantiques,
Ils mêlent leurs chants hérétiques
Qui font soulever tous les cœurs ?

A leurs cris qui troublent les anges
Du céleste empire indigné,
Le divin maître des archanges
D'un mot réunit ses phalanges
Qui de colère ont trépigné.

IV.

Soudain dans l'immense Empirée
De ces bruits d'impudique horreur
Partout la surprise inspirée
S'est à si haut point empirée
Qu'elle y répandit la terreur.

Oh rare et monstrueux prodige!
Quelques méchants cerveaux brûlés !
Sur les bords chagrins de l'Adige
Quelque main sèche qui rédige
Des vers d'écoliers férulés !

Oui, voilà tes belles merveilles,
Enfant du Pinde et d'Apollon,
Qui, pour mieux tourmenter nos veilles,
Le matin, le soir, la nuit veilles
Aux portes du sacré vallon.

Les Marabouts de leurs fétiches
Font un commerce moins vénal
Que n'est celui des vers postiches,
Des sonnets et des acrostiches
Qui se font dans ton arsenal.

C'est là qu'on voit l'extravagance
En proie à ses convulsions,
Et la plus stupide arrogance
Par ses vrais tours de manigance
Singer les nobles passions.

D'un spectacle plus drolifique
Qui pourrait repaître ses yeux,

Si dans son germe prolifique
N'était par malheur morbifique
Ce funeste présent des dieux.

Si chez beaucoup de gens la grippe
N'est qu'un triste et vilain penchant,
C'est qu'on voit trop souvent la grippe,
Loin d'atteindre celui qui grippe
Epargner le front du méchant.

Des gens sensés à la requête
Force est de dire aux gens morveux
Qu'a dû signaler notre enquête,
Qu'en fait d'esprit n'est de conquête
Qui du bon sens n'accède aux vœux.

V.

Contre les écarts du génie
Si j'ai cru devoir m'élever,
Des sots si contre la manie
Ma verve parfois s'ingénie
En s'égayant de soulever

Les faux semblants d'une tempête
A laquelle un feu de briquet,
Ainsi qu'un faux éclair appète,
C'est que partout leur voix répète
Les vers du premier bouriquet.

Mais à ce jeu qui trop s'amuse
Et qui trop aime à s'y livrer
D'un bruit criard de cornemuse
Qui répond sans cesse à sa muse
A grand peine à se délivrer.

Aussi d'un complaisant message
Qui m'a sur certains maraudeurs
Appris plus d'un méchant passage
Je suivrai l'avis bien plus sage
D'en finir avec ces rôdeurs.

D'ailleurs contre son adversaire,
Qui ne se bat que par pitié,
Dans le débit d'un tel glossaire
Ne peut juger bien nécessaire
D'être pour long temps de moitié.

Puis enfin dans la solitude
Jaloux de terminer mes jours,
Je fuis la trop vaste amplitude
D'esprits dont la similitude
Fait qu'ils se heurteront toujours.

VI.

Ainsi la raison que maltraite
L'extravagance (1) en tant de cas,
En bon serviteur je la traite,
Et vis paisible en ma retraite
Loin de tout bruit, de tout fracas.

Mais dans le monde, où solitaire,
Mon cœur fidèle à mes amis
Ne sera jamais adultère,
Et par delà le Finistère
Au bon sens restera soumis.

---

(1) Le patriarche de Ferney n'était-il pas un peu prophète quand il s'exprimait ainsi en s'adressant aux Bedlamistes et aux Erostrates de son temps?

Allons, poudreux valets d'insolents imprimeurs,
Petits Grimauds crottés, faméliques auteurs,
Ressassez-moi Ronsard, copiez-moi Linière,
De tous nos vils écrits remuez la poussière;
Servez d'antiques mets sous des noms empruntés
A l'appétit mourant des lecteurs dégoûtés;
Mais surtout écrivez en prose germanique,
En style visigoth parlez de politique,
Donnez du gigantesque, étourdissez les sots,
Si vous ne pensez pas, créez de nouveaux mots,
Et que votre jargon, digne en tout de notre âge,
Nous fasse de Racine oublier le langage.

ESSAI D'IMITATION DU STYLE NYMPHEIEN.

LE NYMPHÉIEN A SA MAITRESSE.

Ravissement des yeux dont la beauté les crève,
Toi du gâteau des rois l'ornement et la fève,
Viens régner sur mon cœur,
Bien plus digne d'amour que ne le fut Hélène,
Tu répands le parfum de ta suave haleine
Comme une eau de senteur.

Jamais si beau chignon, même en un jour de fête,
Que celui de ton chef n'orna si belle tête
A la ville, au hameau ;
Ce cône renversé qui partant de tes hanches
En tronc qu'un busc étreint, se dresse entre deux branches
A les bras d'un ormeau.

Ainsi qu'un papillon de son aile dorée
Caresse en s'éloignant de l'humble chicorée
La rose et le lilas,
Léger duvet d'amour, de mon souffle timide
En Léandre, en Renaud, mon Héro, mon Armide
Je voudrais... mais hélas !

Touché de la douleur par mon âme exhalée,
Quand retentit cent fois l'écho de la vallée
De mes gémissements,
Toi seule es insensible et franche Messaline
Tu verses dans mon sein le poison, mets l'épine
Du cuir aux ossements.

Eh bien ! enfonce la ; mais si ton cœur de glace
Un jour vient à se fondre, ah ! nul autre à ma place
Ne le récrépira ;
Nul autre de ton cœur sillonné de fissures
Alors ne fermera les humides blessures,
Ne les épongera.

Moi seul recueillerai, les yeux baignés de larmes,
Les restes ruisselants de tes limpides charmes,
Et m'en enivrerai ;
Moi seul avec douleur recevant goutte à goutte
Ta liquide substance et pleurant ta déroute,
Oui, m'en abreuverai.
Etc., etc. VALE.

STYLE PARNASSIEN.

LES COLOMBES.

Colombes amoureuses,
Roucoulez, roucoulez,
Soyez toujours heureuses
Et tendrement coulez
Des jours de miel ensemble
Sur le rameau qui tremble,
Faiblement agité
Par le doux vent d'été.

Au printemps de ma vie,
Printemps, hélas ! d'un jour,
Comme vous j'eus l'envie
Par des saluts d'amour,
D'honorer la déesse
Objet de ma tendresse ;
Mais moins heureux que vous,
Le vent me fut moins doux.

Non loin de ma fenêtre
Je vous entends, vous vois,
Quand le jour va paraître
Vous livrer dans le bois,
Petits cœurs idolâtres,
A vos jeux gais, folâtres ;
Au lever du soleil
Vous charmez mon réveil.

Vos charmants badinages
Et vos joyeux ébats
Sont les douces images
Du bonheur d'ici-bas;
Quand s'agitent vos ailes,
L'amour caché sous elles
Se glisse heureux, soumis,
En vos becs réunis.

Dans la plaine fleurie
Sous la voûte des Cieux
L'aspect de la prairie
Réjouit moins mes yeux,
Qu'à mon cœur tendre encore,
Au lever de l'aurore,
Ne sourit le plaisir
De vous voir vous unir

Hélas ! à votre école
Que n'ai-je de mon cœur
Vu s'instruire l'idole !
Pour prix de sa faveur
Ah ! j'eusse été plus tendre
Que ne le fut Léandre,
Et le plaisir d'aimer
Aurait su la charmer.

EPILOGUE.

Si sans rougir qui salit son laurier
En s'escrimant avec un ordurier,
De la sottise empruntant la manie,
Ni plus ni moins n'a d'esprit, de génie
Que n'a d'honneur un faux comte ou baron
Qui le fer croise avec un vrai larron ;
C'est qu'en effet nul soldat de la Loire
Ne la déserte infidèle à la gloire,
Et sa bravoure au nom d'un faux honneur
Ne compromet avec un flagorneur.

Or à Nymphée aussi bien qu'au Parnasse
Aux écrits seuls s'adressant la menace
Qu'en s'escrimant, les combattants entre eux
Se font au nom d'un penser généreux,
De leurs fleurons l'innocente malice
Respecte l'homme au plus fort de la lice,
Et du talent dévoilant les travers
En les visant n'infirme que des vers.
Toi de Nymphée au seuil de la carrière,
Toi d'Hélicon auguste douairière,
Muses, parlez.. de frayeur tout pantois,
Je vous invoque, inspirez mon patois.
De l'une ou l'autre en ce jour qui triomphe
Je prends l'enjeu, j'accepte la triomphe ;
En votre nom je vais donc sur-le-champ
Sous votre égide, en suivant mon penchant,
Entre vous deux, et d'estoc et de taille
Frapper, tailler, engager la bataille.
D'uu beau désordre en signalant l'écart
Le Nymphéien, lui contempleur de l'art,
Parle, il est vrai, d'un huron le langage,
Encor qu'il sache avec arme et bagage
Plaider sa cause, et du sacré vallon
Narguer l'orgueil en bravant Apollon ;
Mais j'ai Gauthier, Charles Nodier lui-même,
L'un mon soutien et l'autre aussi qui m'aime,
Dit Bramindin l'orgueil de son parti
(L'un des Quarante à lui s'est converti).
Voyez Schlegel et surtout l'homme femme
De m'imiter que le besoin affame,
D'Indiana l'auteur un peu bourru
Partout fait vogue et partout est couru.
De mon royaume où je règne en vampire
Je vois florir et s'étendre l'empire ;
C'est que chez moi de par Beccaria
Tout homme est homme et nul n'est paria,
Vrai Louis douze, à toute heure on me crie :
Vive le roi, père de la patrie !

J'ai pour ministre aussi Quasimodo,
Grand personnage et qu'on fête à Prado.
Sur ce riposte aussitôt Nicodème,
Au front de roi ceint d'un vrai diadème :
Oui, mais pour vous comptez-vous Apollon
Que n'a jamais consulté votre aiglon ?
Tout vrai poète à lui qui se confie
Provoque en masse et bravement défie
Cotin, Ronsard, Chapelain et Chartier,
Gens à l'écho du fouet d'un charretier
Mêlant celui de stupides ballades
Enfants morts-nés de leurs cerveaux malades.
Enfin, dit-on, pour à-compte à valoir
Le dieu du Pinde à son divin parloir
Vient de citer certain homéopathe
Qui beaucoup trop se fait graisser la patte
Par le vivant que, pour le mieux guérir,
Il rend malade, et souvent fait mourir.
Fort bien, fort bien, tant de méchantes herbes
Qu'on voit aux champs cultiver vos Malherbes,
D'un air benoît, repartit Bramindin,
De son Olympe infestent le gradin
Que votre Dieu, honteux d'un tel désastre,
S'efforce en vain d'en accuser mon astre ;
Mais mon génie est celui du chrétien
En lui qui trouve un si ferme soutien
Qu'il n'est de gloire à mon culte étrangère,
Et qu'ailleurs n'est que l'erreur mensongère.
Dieu, quel jargon que celui d'un bramin !
Dit Nicodème à l'air un peu gamin,
Depuis qu'en France on parle comme en Chine,
Et qu'au hasard cheminant leur machine
Des beaux-esprits le sens est corrompu,
Entr'eux et moi tout lien est rompu.
A ce récit, Bramindin prend la mouche,
Et Nicodème en ricanant se mouche ;
Si bien vraiment qu'au plus loin avenir
La lutte irait sans jamais en finir,

Si le public à disputes pareilles
Daignait prêter bonnement les oreilles.
Noble combat de moutons et de veaux
Que Basselin sur le coteau des Vaux
Chanta jadis, tout le monde à la ville
Sur ton histoire a fait son vau-de-ville.
Pour nous témoin d'un si fâcheux discord,
Nous souhaitons, pour rétablir l'accord
Entre gens tels que Bramin, Nicodème,
Un sceptre à l'un, à l'autre un diadème.

Ire SCÈNE D'UNE COMÉDIE MANUSCRITE

EN TROIS ACTES ET EN VERS.

Le théâtre représente une chambre de maître parquetée, fauteuils, table, etc.

PERSONNAGES : CHRISTOPHE valet.
LISE domestique.

SCÈNE I.

CHRISTOPHE.

Que diable a ce parquet ? il ne prend pas la cire.
Depuis une heure au moins, oui, ce n'est pas trop dire,
A cirer, à frotter je m'échine pour rien.

LISE.

Donne-moi donc cela, tu ne t'y prends pas bien.

CHRISTOPHE.

Bah ! voyez-vous bien l'autre avec sa parlerie,
Fais donc reluire ça, toi, tiens, je t'en défie.

LISE.

L'autre... parlez donc voir un peu mieux, s'il vous plaît,
L'autre n'est pas mon nom, et votre air me déplaît.

CHRISTOPHE.

Vas-tu pas te fâcher ?

LISE.

Oui, cela me défrise
Que moi qui suis ta femme, et qui s'appelle Lise,
Tu... l'autre... ah ! voilà bien les maris d'aujourd'hui!..
C'est comme notre maître, ah ! quel mari que lui !

CHRISTOPHE.

Tétigué ! quel mari ! dis plutôt, quelle épouse !
Madame est si méchante, et surtout si jalouse,
Que si monsieur parfois lui montre un peu les dents,
Il ne fait pas comme elle, il ne bat pas les gens.
Lui présentant la main
Mais frappe là-dedans, ne vivons pas en traîtres,
Et montrons-nous, morbleu, plus sages que nos maîtres.

LISE.

Dame, Monsieur notre homme, à vous de le vouloir,
De ne plus vous soûler comme ce certain soir,

CHRISTOPHE.

Ma Lise, ah ! oui vraiment, ta langue est mal pendue ;
Ma raison, je l'avoue, un soir je l'ai perdue,
Et palsangué j'en eus un assez grand chagrin
De me trouver si bête au lendemain matin ;
Mais je l'ai rattrapée on peut dire à la course,
Et le vin maintenant n'en trouble plus la source,
Dis que ce n'est pas vrai.

LISE.

C'est bien vrai, j'en conviens.

CHRISTOPHE.

Est-ce ma faute à moi si tu te ressouviens.....
Vilain parquet maudit, l'heure avance et me presse;
Reluis, ne reluis pas, bien ou mal je te laisse.

LISE.

Hé ! parguiène, il est bien, passe-moi le ballet,
La poussière enlevée, il fera son effet,

CHRISTOPHE.

Tu crois... eh ! parguiène oui, c'est tout comme une glace...

J'ai si peur de monsieur quand il fait a grimace,
Avec cela surtout qu'il se fâche pour rien
Depuis qu'avec madame on sait qu'il vit si bien.

LISE.

Ah ! oui, la pauvre femme !

CHRISTOPHE.

Et pourquoi pas pauvre homme ?

LISE.

Bien grande est ta pitié, c'est cela qu'il est bon !

CHRISTOPHE.

A t'entendre, madame, elle a toujours raison,
Sais-tu que d'un soufflet ?... le traiter de la sorte !...

LISE.

Mensonge que cela !

CHRISTOPHE.

J'écoutais à la porte.

LISE.

C'est qu'il l'a mérité.

CHRISTOPHE.

Dis plutôt : c'est bien fait.

LISE.

Eh bien ! oui, je le dis : te voilà satisfait.
Soutenir un mari qui sans raison tempête,
Fait enrager sa femme et lui trouble la tête,
Qui du matin au soir est de mauvaise humeur
Et jamais ne lui dit un seul mot de douceur.
Ce n'est pas, que je crois, chose bien nécessaire,
Et ce n'est pas ainsi qu'à sa Lise on doit plaire.

CHRISTOPHE.

Mon Dieu, Lise, crois-moi, parlons un peu chrétien.
De prendre ainsi la mouche, ah ! vrai, ce n'est pas bien ;
Ainsi que tu le fais, approuver une femme
Qui contre son mari mal-à-propos s'enflamme,
Pour un oui, pour un non s'emporte à chaque instant,
Et peut-être en son cœur lui préfère un amant,

Ce n'est pas, que je crois, chose bien opportune,
Et Christophe a raison, quand cela l'importune.

LISE.

Chansons que tout cela... mais parle un peu plus bas.

CHRISTOPHE.

Chansons, si tu le veux... on ne nous entend pas.

LISE.

Quoi ! tu dis qu'un amant...

CHRISTOPHE.

Oui, je dis sans le dire,
(Et tu voudrais en vain ici me contredire),
Que cet individu qu'à tort ou bien raison,
Monsieur nomme si haut l'ami de la maison,
N'est qu'un olibrius qui d'un tartuffe a l'âme,
Fait la queue à monsieur et la cour à madame.

LISE.

Il a bon œil, notre homme, et comme on dit, fin nez.
Qui t'a si bien instruit?

CHRISTOPHE.

Sa mine en dit assez.

LISE.

Depuis si peu de temps que nous servons ici,
Tu le connais trop peu, pour bien juger ainsi.

CHRISTOPHE.

Silence !...

LISE.

Quoi !...

CHRISTOPHE.

Paix donc... tiens. je crois qu'il me semble
Que c'est monsieur qui vient, vîte, filons ensemble.

LISE.

Tout est-il à sa place?

CHRISTOPHE.

Oui, tout est comme il faut.
Je l'entends, c'est lui-même, il marmotte tout haut.

FIN.

PARIS. — IMP. DE. E. BAUTRUCHE,
r. de la Harpe, 90.

www.ingramcontent.com/pod-product-compliance
Ingram Content Group UK Ltd.
Pitfield, Milton Keynes, MK11 3LW, UK
UKHW021201230726
13926UKWH00001B/241

9 782014 073560